KB103257

내가 아는 너

또는

네가 모르는 나

우리는 가끔 일부러 맞춤법을 틀린다

발　행 | 2017년 8월 22일
저　자 | 임현주
펴낸이 | 한건희
펴낸곳 | 주식회사 부크크
출판사등록 | 2014.07.15.(제2014-16호)
주　소 | 경기 부천시 원미구 춘의동 202 춘의테크노파크2단지 202동 1306호
전　화 | 1670 - 8316
이메일 | info@bookk.co.kr

ISBN | 979-11-272-2123-2

www.bookk.co.kr

우리는
가끔
일부러
맞춤법을
틀린다

임현주

사랑을 덜어
내 인생이 덜 달게-

우리는 자신이 아닌 단 하나의 타인에게만이라도 특별해지려는 욕망으로 기꺼이 사랑에 몸을 내던진다.

/가끔 사랑해야겠어

나의 24시간을
너의 24시간을 궁금해 하는데 쓰고
너를 생각하고 너를 사랑하는 데 썼어

나의 삶에서
너를 사랑하는 마음을 빼고 나니
텅 비어버렸어

나는 뜨거웠고
너는 종종 손을 데었지

너를 사랑할수록
너는 미워지고
너와 가까워질수록
어쩌면 멀어지더라

그러니
이제 별 수 없어
어쩌다 가끔,
사랑해야겠어

/ 파편

나는 깨지기 쉬운 마음을 가진 사람이었다. 우리가 처음으로 말다툼을 했던 날 밤, 시간은 분 단위로 쪼개졌다. 싸움이 잦아질수록 또 우리가 얼마나 다른 사람인지 알게 될수록 가슴을 치고 눈물을 삼키는 날도 늘었다. 치고 또 치고 그러다 한참을 울고 보니 발밑이 온통 사랑의 날카로운 파편들이었다. 날마다 그 조각을 주워 붙여보려고 애썼지만 그저 애꿎은 손만 수없이 베었을 뿐.

/ 오, 젤리벨리

잦은 병치레로 병원을 찾아 주사를 맞는 날이면- 엄마는 우느라 얼굴이 새빨개진 딸을 달래려 슈퍼에 데려갔다. 그러면 딸은 눈물콧물로 범벅이 된 손으로 꼬마 곰 젤리 한 봉지를 고르곤 했다. 어쩌다 그 젤리가 다 팔리고 없던 날, 딸은 주사를 맞을 적보다 더 크게 울었다. 한참을 울고 나서야 겨우 다른 젤리 한 봉지를 아무렇게나 쥐고 시무룩한 얼굴로 슈퍼를 나섰다.

딸은 꼬마 곰 젤리를 참 좋아했다. 그것 대신 왕꿈틀이 젤리를 들려주자 두 발을 구르며 성을 냈다. 그러나 나중에 그것이 마이구미가 되고, 콜라맛 젤리가 될 무렵에는 더는 울지 않았다.

오, 나의 첫사랑 배불뚝이 꼬마 곰 젤리.

/ 입가에 묻은 부스러기

만남을 시작할 땐 천천히 서로를 알아가고, 사귀기 전에 충분한 시간을 들여 마음을 나누는 게 당연하다고 하면서- 어째서 헤어질 때는 서로에게 시간을 충분히 주지 않는 걸까?

- 그래서 생각할 시간을 갖자고 하잖아, 대부분

아니야. 그건 정말로 생각해보자는 게 아니라, 단지 진짜가 오기 전에 알아서 맘 단단히 먹고 있으라는, 예방주사 같은 겉치레일 뿐일걸.

- 단지 덜 나쁘게 보이려는?

뭐, 내 마음도 내 맘 같지 않은데 남이라고 다르겠어. 사람이 좋아지고 싫어지는데 그걸 나쁘다고 할 수 있나. 그저 스스로의 마음에 떳떳해지는 거, 상대방의 마음에 비겁하게 굴지 않는 거. 그랬으면 좋겠다고 생각했어.

- 하긴, 넌 내가 다시 생각해보면 안 되겠냐고 했을 때도 그럴 필요 없다고 칼같이 잘랐지.

사실 내가 말하지 않았어도 너도 이미 알고 있었잖아. 그래서 더 묻지 않은 거잖아, 내게 남은 사랑이 있는지. 어쩔 수 없어. 헤어지자는 말은 일방적인 거야. 아무리 좋았어도 끝나는 순간엔 별 수 없어. 사실 그때 네가, 너를 사랑하긴 했냐고 묻지 않아줘서 다행이라고 생각했어.

- 그랬으면 참 뻔한 사람이라고 생각했겠네.
  아무리 좋아했어도 결국 헤어지면 남이니까.

너랑 내가 이렇게 앉아서 옛날 얘기 하고 있는 것도, 실은 참 뻔한 전개인거지. 묵은 감정을 어떻게든 털어내지 않으면, 마음을 탈탈 비워내지 않으면 다시 시작하기 어려운 거잖아. 남은 건 그뿐이야. 나보다 좋은 사람을 만나라는 것보다, 네가 나와 만났을 때보다 더 좋은 사람이 되었으면 하는 거.

아메리카노는 벌써 식어있었고 기어이 시킨 치즈케이크 한 조각은 끝내 손도 대지 않은 채로 남아있었다. 너와 나는 한참을 아무 말도 하지 않았고 왜인지 머쓱해져 치즈케이크 한 입을 떠 넣었다. 입가에 부스러기가 묻는 게 느껴졌다. 오른손 엄지로 부스러기를 털면서, 헤어지고 난 뒤에 다시 그 사람과 이런 얘기나 하며 앉아있다는 것이 참 부스러기 같은 짓이라고- 생각했다.

/ 만났으나 만나지 않을

직교한 두 선은 한 점에서 만나
너와 나는 서로 다른 선이다
어느 순간 가까워졌다가
또 다시 멀어지는
그러나 결코 만나는 법은 없는

여전히 기억하고
때때로 추억하더라도
그러나 결코 만나는 법은 없을

/ 몇 도의 빙하기

너를 만나는 동안에 제대로 된 계절을 모르고 살았다. 너는 봄이었다가도 여름이었고- 여름이었다가도 곧 겨울이 되었다.
하루에도 몇 번씩 바뀌는 계절은 나를 아프게 했다. 좋을 땐 한창 뜨거워 겉옷을 벗게 만들었다가도 멀어질 때면 남극까지 밀어내야 그치는 그런 사람은 나를 아프게 한다. 감기는 독감이 되고 폐렴이 되고 결국에 마음은 차갑게 얼어붙는다.

/ 부질없이 부지런한 어떤 미움

누군가에 대한 미움의 시작은-다른 감정과 마찬가지로- 처음에는 제법 그럴듯한 이유가 있다. 밥을 쩝쩝거리며 먹는다거나, 습관적으로 말끝에 욕을 붙이거나 하는 것처럼 대부분의 사람들이 납득할 만한 이유 말이다. 문제는, 그렇게 미운 사람이란 이름표가 붙고 난 다음이다. 그가 무슨 행동을 해도 곱게 보이지 않을뿐더러, 어쩌다 그럭저럭 친절한 행동을 하더라도 괜히 의뭉스러워 보이고 속으로 코웃음을 치게 된다. 시작하는 데는 이유가 있었지만, 끝에는 아무런 이유도 없다. 누군가를 처음 싫다고 느끼기 시작하면, 숨 쉬는 소리마저도 싫게 들리는 지경에 이르기까지는 그리 오래 걸리지 않는다.

미움은 참 부지런하다. 누군가를 지독히 싫어할 수 있는 것은 미움이 그만큼 부지런한 감정이기 때문이다. 미움은 쉽게 잊히지 않는다. 고로 미움을 기억하는 사람은 부지런하게 미워할 것이다.

/ 우울함이란 녀석은 곰팡이와도 같아서

-맑은 날에는 쥐죽은 듯 숨어 있다가 마음이 눅눅해지는 날이면 어김없이 머리부터 발끝까지 파고든다. 아픈 기억, 슬픈 기억, 속상한 기억들을 꽁꽁 싸매고 있다가는 마음에 곰팡이가 핀다. 햇빛과 바람, 그리고 락스 한 통이 필요하다.

/ 그대 나를 태워 온기를 얻으라

가난한 예술가는 있어도 가난한 예술은 없다. 가난한 사람이라고 어디 그 마음까지 가난하란 법이 있으랴.
누구나 가슴 속에 꿈이라는 초 하나씩은 고이 품고 산다.
그러니 그대여-
나를 태워, 부디 뜨거워지시오.

/ 짜게 식은 것은 언젠가 분명 뜨거웠던 것이라고

그는 따뜻한 국이 있어야 한 끼를 든든히 먹은 기분이 든다고 말했다. 나는 음식에 원체 간도 잘 안하고, 국이나 찌개가 있어야 밥을 먹는 사람도 아니라-사실 끼니를 밥으로 잘 안 먹기도 하고- 선뜻 그 말이 이해되지 않았다. 그래도 그런 얘기를 듣고 나니, 만나서 점심을 먹으러 갈 때면 최대한 그의 입맛에 맞을만한 식당을 찾아가려고 했다. 오히려 파스타나 피자, 스테이크 같은 것을 먹으러가자고 하는 쪽은 그였다. 그래, 한국인은 밥이지, 밥 두 공기쯤이야 앉은자리에서 거뜬하게 해치우던 사람이면서도.

- 내가 좋아하는 사람이, 좋아하는 거 맛있게 먹는 거 보는 모습이 참 좋다 나는?

한식을 그리 좋아하지 않으니, 당연히 양식을 좋아하리라고 생각했었을 터였다. 배가 고프면 대충 눈에 보이는 걸로 한 두 순갈 때우거나 남들이 군것질거리 하는 걸로 끼니를 삼는 줄은 몰랐을 거다. 그럼에도 식도락을 아는 사람을 좋아하다보니 든든하게 먹는 것에 대해 관심이 늘었고, 그의 생일에는 꼭 따뜻한 밥과 미역국을 만들어줘야겠다고 생각했다. 오래 사랑하자고 했던 우리가, 우리를 내려놓고 뒤돌아가기 전까지는- 그럴 생각이었다. 하기로 했던 것들은 꼭 그렇게 해야 하는 거라고 굳게 믿어왔던 내 믿음에 걷어차인 기분이었다.

마늘과 소고기를 볶고, 불린 미역을 잘 짜서 넣고 참기름을 휘휘 둘러 조금 더 볶다가 물을 붓고 팔팔 끓였다. 내 입맛에 조금 짜게 만들었으니 다른 사람 입맛에는 그럭저럭 맞겠지. 기껏 만들어 놓고도 입맛이 당기지 않아 늦은 저녁에서야 떠 넣은 미역국은- *너무 짰다.* 팔팔 끓는 와중에는 간을 봐도 이만큼이나 짠 줄은 몰랐었는데. 국이 식으면 더 짜게 변하는 것이었다. 짜게 식은 것들은 언젠가 분명 뜨거웠던 것이라 그런가.

/ 즐겁지 않으면 아무것도 아니야

120%를 다짐해야 하다못해 90%라도 기어이 해낼 수 있는 것. 할 수 있다고 믿어 의심치 않았던 것들은 때로 불가능이란 함정으로 나를 몰아넣는다.
해도 안 되는 것을 인정할 줄 알게 되면 비로소 어른이 된다. 눈앞의 벽을 꼭 깨부수거나 넘으려 하지 않아도, 사실 인생이란 그런대로 또 살아지는 법이다.
맑은 날엔 맑은 대로 딴은 흐린 날도 비가 오는 날에도- 그만의 운치가 있듯이.

/ 술래잡기

술래는 오늘도 술에 취해
술내를 풀풀 풍기며

-ㅇ오ㄹㅁ만잉야
그동ㅇ아ㅏㄴ잘ㄷ지낸ㄴ니?

하아-
술이 들어가면 어떤 솔직함도 어쩌면 절대로 솔직하지 않다. 우리가 경계해야 하는 것은 늦은 밤 고작 술 몇 잔에 솔직함을 탈을 쓰고 찾아오는 망나니들이다.

/ 사랑방 손님과 나

세 들어 산다는 건 그런 거였다. 달려 있는 커튼 하나도 맘대로 바꾸지 못하고 액자를 건답시고 못 박는 일은 말조차 못 꺼내는. 몸서리치게 싫은 꽃무늬가 한 쪽 벽면을 가득 채우고 있어도 차라리 눈을 감아야 하는 것이다. 얼마를 내고 살던 간에 남의 집을 내 입맛대로 바꿔 산다는 건 세입자로서 꿈도 못 꿀 일이다. 원래대로 돌려놓겠다는 약속을 한다고 해도, 어쩌다 아량 있는 집주인을 만나지 않는다면 모를까.

그러고 보면 너무나 쉽게 마음을 내주었다. 간만에 얘기가 좀 통하는 사람을 만났구나, 어라, 이 사람 나랑 비슷한 구석이 있다- 싶으면 금세 현관을 열고 맘껏 머물다 가라고 안방을 내주곤 했다. 세입자로 사는 나도 함부로 집에 손대지 못하는데 남의 마음에 손님으로 와 있으면서 아무렇게나 못 자국을 남기는 사람은, 얼마나 못된 사람인가. 모름지기 사람은 들이기는 쉬워도 내치기는 어려운데 그렇게 난장을 만들고 튀어버리면 원래대로 정리하는 것은 순전히 마음의 주인의 몫으로 남는 것을.

잠시 머무르다 떠나고 싶을 때 갈 사람이라 손이라 하는데 편히 있다 가라고 안방을 내주는 일이 얼마나 어리석은 짓이었는가를 한참 뒤에야 깨달았다. 손님이 손님답게 행동하길 바라는 것보다도 손님을 손님으로 대접하는 것이 먼저였다. 큰 집에는 손님을 맞는 사랑방이 따로 있듯이, 내 마음의 안채는 내가 쓰고 타인에게는 마땅히 바깥 사랑방을 내어주기로 했다.

/ 마음 밭의 파수꾼

만 평의 땅이 있다. 여기에 사랑의 씨앗을 심고 물을 주고 잘 돌봐주어도 어디선가 날아온 미움의 씨앗이 싹을 틔워 밭을 헤집어 놓는다. 마음 파수꾼은 땅을 돌아다니면서 좋은 씨앗을 뿌리고 거름을 주어 잘 자라게 돌보는 일을 한다. 미움으로 돋아난 잡초를 캐고 감정의 배설물들이 잘 배출될 수 있도록 물길을 판다. 허수아비만 덜렁 세워놓으면 잘 가꾼 남의 밭을 호시탐탐 노리는 자존감 약탈자들을 제대로 쫓을 수 없다. 행여나 파수꾼이 게으름을 피웠다가는 감정의 홍수에 마음이 썩어 한동안 아무것도 자랄 수 없게 되어버린다. 괜히 나른하고 기운이 없게 느껴진다면 몸을 흔들어 마음의 파수꾼을 낮잠에서 깨우도록 하자.

/ 별-별-인간

맨 정신이라야 용기,
술 진탕 먹고 그러는 건 객기

애초에
취해야지 겨우 끄집어 낼 말이면
안해야 될 말이지 싶다

/ 덜어 내는 삶에 관하여

버릴 줄 알아야 정리를 잘 하는 거래. 계절이 바뀔 때마다 옷이고 화장품이고 버릴 건 버리고 치운다고 치웠어도, 여전히 잔뜩 남아있는 수많은 물건들을 보며 이게 다 내가 사는 데 필요하기는 할까- 생각한다.
우리는 막상 쓰지도 않을 것들, 아무짝에도 쓸모없는 것들을 자꾸만 삶에 끼워 넣는다. 새삼 나는 정리하는 데 소질이 참 없다싶었다.

/ 뭐라도 되겠지

너도 생 이전에는 하나의 세포에 불과했다. 예전 같았으면 진즉에 될 대로 되어 버리라고 놓아버렸을 것들, 남이 보면 별 것도 아닌 그런 것들을- 그래도 뭐라도 되겠다고, 해보겠다고 붙잡고 애쓰고 있는 청춘은 얼마나 처량하면서 또 대견스러운가. 무엇을 하느냐 보다도 어떻게 하고 있느냐에 대단함의 수식어를 붙이리라.

닦을수록
닮아지는
것들에 대하여

잊으려던 날들은
그렇게 가장 오래 남은 기억이 된다

/ 파도는 파도를 밀어내고

기껏 꾹꾹 눌러 쓴 글자들은 얕은 물결에 속절없이 밀려간다. 그리고 파도 뒤에는 언제나 더 큰 파도가 온다. 파도는 파도를 뭍으로 뭍으로 밀어낸다. 결국 내 마음은 바닷가의 어떤 작은 모래 같은 것이었다. 지금 나를 걷고 있는 사람의 발자욱 밖엔 모르는.

/ 아니 굳이 왜

산다는 것은 모순으로 가득했다. 쌀쌀해진 날씨에 난로를 켰다가도 이내 답답하다며 겉옷을 훌렁 벗어 재끼거나- 어느 여름 에어컨을 세게 틀어놓고는 홑이불을 찾아 덮고 눕는 것과 같이.

사랑했다는 그 지나가버린 것조차도 모순으로 가득 차 있었다. 뒤로 넘어져도 코가 깨져버리라고 미움을 그득 담아 저주를 퍼붓다가도-
참, 얄궂게 그리워지고야 마는 그 얼굴과 같이.

/ 아직은 사랑이 아니야

그 사람은 아니었다. 봄이 아니었다.
그래서, 봄은 아직 아니었다.
겨울 밤 찬 공기에 몸이 시려
겨우내 웅크리고 있던 너는
그 잠깐, 고 며칠 볕이 좀 따숩다고
솜털 같은 얼굴을 밖으로 내밀었으나

다만-
아직 봄이 아니었을 뿐이다.

/ 계절 알림

새 신발을 선물로 받았다. 마침 오늘 볕이 좋아 걷기 참 좋다싶었다. 내친김에 조금 걸어보기로 했다. 어제와는 또 다른 풍경이 눈에 들어왔다. 저기 저 앞의 모퉁이만 꺾어 돌면, 가을이겠다.

1 지나가버린

지금 바람처럼 불어오는 것들은 어차피 그렇게 지나갈 것들. 그러니 부디,
잡히지 않는다-고 괘념치마소서.

/ MSG

너는 참 MSG같은 사람이었다. 이미 우리의 사랑이 유통기한이 한참 지나버렸음에도 나는 그 사람의 맛에 길들여져 아무것도 모르고 있었다. 네가 어느 날 이제 우리는 끝이라고 덤덤하게 말했을 때, 나는 혀가 얼얼해서 아무런 대답도 할 수 없었다.

/ 꺼삐딴 리의 밤

밥 한번 같이 먹재서 먹었고 언제 한 잔 하재서 마셨지. 마냥 얻어먹는 것만 아는 인간도 아니니 더 썼으면 썼지 덜 썼겠나 싶다. 몇 숟갈의 밥과 술 몇 잔이 쌓이면 *한 번 하자*는 말이 되더라. 서른을 코앞에 두고 내가 꽉 막힌 것인지 세상 공식을 나만 몰랐던 것인지- 차라리 결론부터 말했으면 거절이라도 빨리 했을 텐데. 오히려 저 쪽에서 나를 이상한 취급한다. 네 철학에 손 묻히고 싶지 않으니 내 철학에도 손을 떼 다오. 싫다고 말하는 데 걸린 시간이 아깝구나.

/ 건조한 식탁에 앉아

친구와 만나 밥 한 끼 또는 술 한 잔 마시며 지난 이야기를 나누고 시간을 보낸다는 게 이렇게 어려운 일이 될 줄 몰랐다. 존재의 무게는 사람마다 다르겠지만 대체 욕망이란 무엇이길래 이다지도 가벼웁게 사람과 사람 사이를 갈라놓을까. 정이란 것도 이리 놓고 보니 참 속절없다.

/ 힘이 부칠 땐 마음에 이걸 붙여

모든 게 내 탓인 것 같았다. 누군가 나를 미워하거나 싫어한다고 말할 때, 내게 안 좋은 일이 일어날 때 또는 일이 제대로 풀리지 않을 때도. 그러나 나를 탓하고 내 책임이라고 밀어붙일수록, 더욱 아무것도 할 수 없게 될 뿐이었다.
고군분투 끝에 결국-나는 그냥- *썅년이 되기로* 마음먹었다. 할 만큼 했으면 나머지는 네 몫이라고 떠밀 줄 알고, 누군가 날 싫다하거든 그래서 어쩌라고 되받아 칠 줄 아는. 차라리 막돼먹은 인간으로 사는 게 편할 세상이라면- 미친 척 용기 낸 김에, 미움 받느니 먼저 미워하는 사람이 되리라.

/ 라이너 마리아 릴케의 시

여덟 살엔가 아홉 살엔가 그의 시를 처음 읽었다.
구절마다 따뜻한 서러움이 묻어 있었다.

근데, 아빠, 라이너 마리아 릴케는 누구야?
- 응, 아빠가 제일 좋아하는 시인이야.

아빠는 시골 작은 방의 책꽂이에서 먼지가 곱게 쌓인 노트 한 권을 꺼내왔다. 군데군데 세월을 먹어 거무스름해진 한 장 또 한 장마다- 시가 빼곡하게 적혀있었다. 어떤 것은 눈에 익고 또 어떤 것은 낯설다 못해 저 멀리 있었다. 글자 하나하나가 별처럼 멀고도 아름답게 느껴졌다.

- 그런데 너 그거 아니, 바람이 세게 불수록
별은 더 밝게 빛나는 거야. 그러니 별이 바람에 스치던 그 날, 그 별은 정말이지 환하게 빛났을 거다. 우리가 시련을 통해서 결국은 강해지듯이.

/ 이별한 것 같지 않으니 사랑한 것 같지 않았다

언젠가 그 옷엔 그거 말고 저 신발이 더 잘 어울리지 않을까 했던 그 때처럼, 우리 헤어지는 게 낫지 않을까-라고 말했다.
그리고 그는
그래, 그게 낫겠다- 했다.

우리는 우리를 잘 내려두고 각자의 마음을 들고 왔던 길로 되돌아갔다. 신발을 갈아 신던 그날 그 때처럼,

/ 나의 귀찮음을 소개 합니다

조금 더 부지런하게 산다는 건 그만큼의 귀찮음과 싸워 이겼음을 의미한다. 녀석은 사람의 마음속에 저마다 제각각의 모양으로 존재하는데- 누구는 쉬이 이길 수 없을 만큼 날카로운 이빨을 가진 거대한 괴물이기도 하고, 또 큰 곰 인형같이 적당히 귀여우면서 거추장스러운 것이기도 하다. 나의 귀찮음을 들여다보았더니 날이 선 발톱을 가졌으나 결코 위협적이지는 않은, 어떤 고양이 한 마리가 있었다. 적당히 비위를 맞춰주면, 나를 못살게 굴지 않고 내가 나가서 돌아올 때까지, 알아서 얌전하게 잘 논다.

/ 완벽한 인생

이따금 불행이라는 주먹이 날아와 얼굴을 세게 내려친다. 살면서 내가 고르고 선택할 수 있는 것은, 어쩌면 끽해야 점심 메뉴 정도에 불과하고- 사실 그마저도 상사가 오늘은 국밥 어때, 라고 한다면야 무조건 국밥인 게 현실이다. 작아 보이지 않으려고 어깨를 펴고, 우습게 보이지 않으려고 고개를 바짝 들어도- 이미 일어난 일은 일어나고야 만 일이고 그래서 되돌릴 수도 없다.
불행은 바람과도 같아서- 겨우 두 손바닥으로는 어찌해볼 도리가 없는 것이다. 그저 지나갈 때까지, 굵은 두 다리로 버텨볼 밖에는.

/ 나의 일요일

월 화 수 목 금 토-요일
하루 종일 입고 나서 던져놓은 옷에는 그날 하루가 고스란히 묻어있다. 앉아있던 그대로 주름이 지고, 점심 때 먹고 흘린 작은 부스러기, 지나가는 차 사이로 날린 흙먼지까지.

그렇게
월 화 수 목 금 토-요일 동안
던져두고 묵혀 둔 일주일을
세탁기에 넣고 돌리는
나의 일요일

너를 미워하는 일은
미뤄놓은 빨래를 하는 것과 비슷하다
흐린 날은 잘 마르지가 않는다

눈물에 흠뻑 젖은 하루를 널어두었는데
마음이 흐려 온종일, 눅눅하다

/ 척척박사님도 몰라

어떤 이의 마음은 콜라 캔과도 같아서 혼자 한참을 속으로 흔들다가- 누군가의 말 한마디에 톡, 하고 터져서 주위를 온통 콜라 범벅으로 만들어. 우둘투둘한 길을 잔뜩 출렁이며 와놓고 내가 손 하나 톡, 댔다고 푸왁-하고 속에 있는 것들을 내게 다 쏟아버리면 어떡하나. 주의! 방금까지 잔뜩 흔들어놨음! 이라고 써놓기라도 해줘야지. 척척박사님도 이 콜라가 방금 흔든 콜라인지 아닌지는 고를 수가 없다고요.

/ 절약모드를 켜주세요

갑자기 바쁜 일이 생겼다며 다음에 보자던 친구가 그날 저녁 인스타그램에 올린 데이트 사진을 봤을 때. 먼저 잔다던 남자친구가 새벽 두 시에 친구들과 상무지구 어딘가를 돌아다니고 있음을 알았을 때.
이런 괘씸한 것들을- 아무렇지도 않은 표정으로 뭐, 그럴 수도 있지 하고서 넘길 수 있을 때.

사소한 일에 열을 올리고 때로는 차갑게 식기도 했던 지난 날. 사람의 감정도 살면서 쓸 수 있는 총량이 정해져 있는 것은 아닐까. 지나고 나서 돌아보면 별 것 아닌 일에 감정을 낭비했던 날들이 얼마나 부질없게 느껴지는지.
아, 서른이 가까워질수록 내 마음은 절전모드가 된다.

우리는
가끔
일부러
맞춤법을
틀린다

…

자기야, 일어나써?

오늘 날씨 참 조아 헤헤

얼른 보고시퍼용

…

오늘은 우리 오디가지?

맨날 보고시퍼서 오또케

얼른 달려가께 슝

……

어디야?

응 그래 거기서 봐 그럼

…

알잖아 너도 우리 요즘 예전 같지 않은 거

당분간 서로 연락하지 말고

생각할 시간 좀 갖자

…

그동안 잘해주지 못해서 미안해

좋은 사람 만나

/ 사랑하는 동안의 맞춤법

흐린 날에도 세상이 온통 화사하고
가방이 무거워도 발걸음은 가볍고
음정을 벗어난 노래도
입술을 살짝 비껴 간 립스틱 자국도
바빠서 미처 깍지 못한 까슬한 수염도

틀린 맞춤법으로 사랑을 속삭일 땐
마음에 엇나는 것이 없다
세상 무엇 하나도 틀린 것이 없다

사랑할 때 우리는
가끔 일부러 맞춤법을 틀린다
사랑할 때는
일부러 나를 너에게 맞춘다
걸음도 입맛도 또는 취향마저도

우리는 왜
사랑한다는 말은
혀 짧은 소리로 속삭였으면서
헤어지자는 말은
또박또박 이야기할까
그대로 새겨져 잊을 수도 없게

/ 세상 로맨틱

- 나는 음악에는 까막눈인 촌놈이라 잘 몰라요.
꾸벅꾸벅 졸지나 않으면 다행이지마는- 우리
안사람이 참 좋아해요.

교수님은 미안한 얼굴로 오늘은 30분만 일찍 마쳐도 괜찮겠느냐고 물으신다. 부인께서 좋아하시는 오페라 공연을 함께 보러 가신단다. 우리는 약속이라도 한 마냥- 박수 쳐 환영했다.

/ 그림자가 길어지는 시간

잘 가라는 인사만 수십 번, 팔이 떨어져라 손을 흔들다가

- 이제 진짜, 우리 진짜로 하나 둘 셋 하면 뒤돌아 가는 거다?

하나
둘
셋!

바보같이 한참을 마주보고 웃었지. 우리 이러다가 진짜 오늘 안에 집에 못가겠어, 내 성화에 못이긴 척 먼저 가는 네 뒷모습을 한참이나 빤히 보았어. 나를 배웅이라도 하듯 점점 길어지는 네 그림자를 보면서- 너의 그림자까지도 나를 사랑하는 구나, 알았지.

/ 오늘의 로망

네가 곁에 머무르는 시간이 그리 길지 않대도 그 동안에 주는 기쁨은 이유도 없이 크다. 사랑하는 이와의 짧은 데이트가 그 자체만으로 애틋하듯이.

그러니 종종 내 인생에 꽃을 내밀어야지, 나의 오늘도 이와 같으라고. 인생에서 꽃 한 송이만큼의 사소한 로망조차 가지지 않는다는 것은, 죄를 짓는 거나 마찬가지인 걸.

/ 내 남자친구의 첫사랑

나는 그의 첫사랑이 궁금하지 않다. 누군가의 첫 사랑이었다는 말은 이미 지나간 사랑이라는, 지난 시간에 있었던 사람이라는 거니까- 그러니까 나는 누군가의 아직 하지 않은 사랑이 되고 싶다. 딴은 지난 사랑으로 기억되기보다 지금 사랑으로 생각할.

/ SSG

누군가는 기껏 소주 한 잔에 휘청대며 약한 척
취한 척 오빠 어깨에 스윽 기대겠지만
나는 그 오빠가 친구들과 소주 서너 병 쯤 묵고
얼큰하게 취해 거리를 휘젓고 다닐 때
SSG- 업어 집에 잘 보내주고 싶은 마음으로다

오늘도 열심히 팔굽혀펴기를 한다.
으-쌰!

/ 앓아누워도 당신

목소리를 들으면 안다.
이 사람이 나를 반가워하는지.
두 눈을 마주쳐보면 안다.
이 순간을 얼마나 기다렸는지.
손을 잡아보면 안다.
이 시간을 붙잡고 싶어하는지.

일 분 일 초의 감각을 모두 쏟아 붓는다는 것
당신은 나에게 그런 의미다.

뒤돌아보면 안다.
그때 그 곳에 사랑이 있었음을,
앓아누워도 나는 당신이었음을.

/ 그런 날이 있다

내가 우주 속의 작은 먼지 하나보다도 더 작아 보이는 그런 날이 있다. 그럴 때마다 너는 조용히 나를 안아주었고- 조용한 심장 박동, 잔잔하고도 따뜻한 너의 품 안에서 나는 다시 나로 피어나곤 했다.
너를 만나고 돌아 온 저녁, 벗어 놓은 외투에서 은근한 네 향기가 날 때-
헤어지기 아쉬워서 그랬을까 아니면 이렇게라도 데려오고 싶었던 걸까, 나도 모르게 끌어안아본다. 네 마음에도 네 향기가, 잔뜩 묻는다.

/ 때로 우린 틀렸다는 것을 알고 있으면서도 답을 고치지 않는다

그가 술은 마실 줄 아느냐고 묻길래 한 잔만
마셔도 빨개지는 걸요, 라고 수줍게 말했죠.
- 그녀가 전 여자친구는 어떤 사람이었냐기에,
그냥 뭐, 오래돼서 기억도 안 난다고 했어요.

누구도 사랑에 빠지는 걸 막을 수는 없어요. 심지어 자기 자신조차도. 그가 원하고 바라는 모습으로 나를 바꾸려고 하고, 그러다 원래의 나를 잃어버리기도 하겠죠.
그는 그녀의 내숭을 다 믿지는 않을 거고,
그녀 역시 그가 어물쩍 넘어가려고 한다는 걸 알지만-

당신이 어떤 문제를 내더라도 답은 고치지 않을거예요. 끝을 낸 당신에게 아직은 사랑이라 대답하면 그건 분명히 틀린 답이겠지만, 어쩌겠어요.

/ 달아-올라라

늦은 밤 소주 몇 잔에 벌겋게 달아오른 나는 열
이나 식힐까 시어 바람 좀 쐬고 오겠노라고 밖으
로 나갔다.
웬일인지, 너는 그런 나를 곧장 뒤따라 나왔고
그래도 밖은 추운데-하며
나를 한 움큼 품에 안았다.

네 목덜미 어디쯤엔가 닿았을 내 한쪽 뺨은,
어째- 좀 전보다도 더 뜨거워져버렸다.

/ 이 새끼 이거
구라일지도 몰라

당신은 참 무뚝뚝한 사람이었다. 집에 가는 버스는 묵묵히 기다려주었지만 데려다 주지는 않았고, 문자를 보내면 곧장 답장을 보냈지만 먼저 전화를 거는 일은 없었다.
괜한 심통이 났는지 온종일 시험하고 싶었던 것이다. 아니, *이 자식 나를 진짜 좋아하기는 하는 거야?* 일부러 싸움을 걸고, 들은 척도 안하고- 괜히 딴청을 피우고 짐짓 마음에 안 드는 것처럼 반대로 행동했다.

그러거나 말거나 한참을 시큰둥하게 있던 그는, 이내 가방에서 뭔가를 주섬주섬 꺼내 내 손에 쥐어주었다. 초콜릿이었다.

- 너, 당 떨어져서 그러지?

내내 찡그린 내 얼굴을 달랑 초콜릿 하나로 푸는 방법을 아는 사람. 아니, 애초에 내가 심술을 부리는 와중에도 화를 내는 대신 이유가 있겠거니 먼저 생각하고 말하는 사람,

내내 사랑하지 않는 것처럼 행동하면서 정작 당신이 진짜인지 확인하려 했던 나를 의심조차 하지 않는 이 사람을, 나는 사랑하지 않으려야 사랑하지 않을 수가 없다.

/ 이상형

더듬이가 있는 사람을 만나야지. 언젠가 무심코 했던 말을 더듬어 마음을 쓸 줄 아는, 다툼의 순간을 더듬어 같은 실수를 되풀이하지 않으려고 애쓰는 사람을 만나야지. 함께 쌓은 추억들을 더듬다가- 나는 네가 참 좋다- 고 뜬금없는 고백으로 웃게 만드는, 언젠가 헤어지게 되더라도 가끔은 지난 우리의 시간을 더듬다 그때 참 좋았었다고, 기억해 줄.

/ 네가 아는 모든 감정과 내가 알게 된 모든 감동

아주 오래 전, 그에게 딱 한 번 업힌 적이 있었다. 귓가엔 희미하게 또 멀게 그의 숨소리가 들렸다.

- 괜찮아, 좀 자

나지막이 들리는 목소리에, 나는 안심이 되었다.
누군가의 등에 업히는 건 참으로 따뜻했다. 고단하고 지친 나의 마음을 이 사람에게 잠시 맡겨도 괜찮겠다고- 생각했다.
말 한 마디에 폭 안길 수 있다고,
말 한마디로도 누군가를 폭 안을 수 있다고
나는 그 날 처음으로 알았다.

/ 여섯 번째 감각

내 이름을 부르는 목소리를 들으면 안다. 내 눈을 바라보는 두 눈을 마주보면 안다. 처음 손을 잡을 때, 팔짱을 낄 때, 입을 맞출 때. 그 순간들의 미세한 떨림-

말하지 않아도, 너와 나는 안다. 그것이 사랑인 줄.

/ 사랑의 헝클어진 머리칼을 빗어 내리며

네 생각에 잠 못 이루던 어느 밤에도- 나는 이러다 네가 닳아버리지는 않을까 걱정했다. 언제나 더 사랑하는 사람만 몸이 달아, 못 다한 사랑의 이야기는 자꾸만 마음에 쌓인다. 밤이 아침에 닿을 때까지, 또는 이별이 사랑의 그림자를 밟고 오기 전까지.

/ 결정적 당신

우리는 어쩌다 만났고 어쩌다보니 사랑하게 되었다. 당신의 눈을 보고 있으면 좋아한다고 말하고 싶었고 당신과 손을 잡으면 나는 지금 세상에서 제일 행복한 사람이노라 외치고 싶었다. 당신이 어떤 사람이라 사랑하게 된 것이 아니라, 사랑하고 보니 당신이었다.
그러니 어쩌다 헤어지게 되더라도, 당신은 내게 결정적으로 남게 될 거라고- 진즉에 알았다.

/ 녹는다 녹아

저기 저 멋진 사람
웃으며 손을 흔드는 사람
빨간 신호등이 야속하다는 듯이
발을 동동 구르고 있는 사람
성큼성큼 달려와 내 손을 꼭 잡는 이 사람
이 사람 때문에
지금 녹아내리는 게
아이스크림인지 내 맘인지
참 헷갈려

너를 덮고 누운 날은
밤이 길다

우리는 이미 헤어져있었으나 나는 헤어지지 않으려했다. 아무리 뒤척여본들 이미 깨어버린 꿈으로 되돌아갈 수 없다는 것을 알면서.
나는 이불도 안 덮고 베개도 안 베고 누워 네 생각을 했다. 너를 덮고 누운 밤은 그렇게 하염없이 어두컴컴한 밤이다. 창문 틈 사이로 날이 하얗게 다 새도록, 나는 여전히 어둔 밤 한 가운데 서있다. 파도처럼 밀려와 한참을 다 퍼냈다고 생각했던 너는 퍼내고 퍼내도 금세 발목까지 차올라있다. 그렇게 밤새도록 찰랑였다.

/ 이 별의 천문대

저무는 해가 그리 슬프지 않은 까닭은 다시 떠오를 것임을 알고 있기 때문이지. 그런 고로 나는 우리의 시간이 저물어 갈 때 그토록 슬펐던 것이다. 우리의 별에 사랑이 지나면 이 별에는 이별만 있다오.

/ 아이야

어린 어느 때의 새벽, 폐렴에 걸린 아이는 한참을 펄펄 끓었다. 우는 아이를 차가운 물수건으로 한참을 닦고 또 닦고 닦아주다 저도 모르게 눈물이나 젖은 손으로 얼른 훔쳐내었다.
웅얼거리며 끙끙대는 아이에게- 지금 이렇게 아픈 건 몸이 병이랑 싸우고 있어서 그런 거야, 지지 않으려고 잘 싸우고 있는 거야. 그러니까 아이야, 싸우느라 아프다고 포기하면 지는 거야, 다 괜찮아 질 거야-

/ 왔던 길로 되돌아가면서

네가 반짝이는 별을 하나 둘 헤아릴 때, 나는 칠흑 같은 하늘만 하염없이 바라보았다. 너는 빛나고 아름다운 것들을 이야기했지만 나는 잃어버린 것 그리고 사라져버릴 것들에 대해 이야기했지.
너는 풀이 죽어 잔뜩 실망한 눈으로 나를 쳐다봤어. 사실 그때 조금은 마음이 흔들릴 뻔 했다지. 그럼에도 실은, 네가 어떻든 나는 내 감정이 중요해. 우리가 어떤 길을 얼마나 오래 함께 걸어가던지- 언젠가는 막다른 골목에 서서 왔던 길로 돌아가야 할 거야. 그러니 나는 나의 길을 가는 것이 중요해. 언제 떠나도 이상하지 않을 다른 사람보다는.

/ 그리고 그 후

당신이 떠나고 난 후에 나는 섬처럼 살고 싶어졌다. 외롭고 조용하게, 그 누구의 닻이래도 허락지 않고- 지도에서도 찾을 수 없는 무인도처럼, 누구의 발자취도 닿지 않는 고요한 바다에 홀로 앉아 오래도록 파도에 그저 몸을 맡긴 채로. 사랑은 없으나 삶은 있는 오랜 외딴 섬으로 살고 싶었다.

/ 설익은 밤

뒤꿈치를 들고 살금살금, 간질간질 왔다가- 쿵쿵 소리를 내며 간다. 온 줄도 모르게 왔다가, 떠날 때는 작별인사도 하지 않으면서 꼭 가는 티를 낸다. 저기 깊숙한 곳까지도 뎅뎅 울릴 만큼 큰 발소리는-
끝내 나를 울리고야 만다.

오는 줄도 모르게 왔다가 떠날 즈음에서야 이제나 간다-고 말하는, 얄궂은 놈.

/ 너를 베고 누운 날은 밤이 길다

서투르게 뜨거웠던 시절이 지나가고 사랑이 희미해져도, 추억은 늘 좌심방 어디엔가 미련스레 남기 마련이다. 그래, 지울 수도 가릴 수도 없으면 차라리 꺼내 쓰겠노라 했다.
고기를 타지 않게 굽는데도 적당한 온도가 있듯 사람과 사람 사이가 좋게 유지되는 적당한 온도가 있다. 때로는 나와 나의 삶 사이에도.

너무 뜨겁지도 않게 그렇다고 또 너무 차갑지도 않게. 이미 떠나버린 사람을 사랑하는 것은 미련스럽고 미워하는 것은 애잔하다. 그러니 그저 가끔- 뜨뜻미지근하게 추억하고 말겠지.

제 아무리 찬란했던 순간이라도 지난 것은 그저 지나간 것일 뿐- 그럼에도 우리는 머릿속에 또 마음속에 그 순간들을 고이 적어두는 것이다.
사랑한다는 것, 살아간다는 것은 마치 퇴고 없는 글쓰기를 하는 것과 같다.

/ 지구의 어른은 신화를 믿지 않는다

우리는 독하게 싸웠고 지독하게 사랑했다. 나의 사랑은 너에게만은 낮은 온도에서도 뜨겁게 끓었고 때때로 그 불씨는 싸움으로 번졌다.

사람의 본심이 꼭 밑바닥에 깔려있으리란 법은 없다. 누구는 힘든 것도 사랑이라고 하는데 다른 누구는 힘든 사랑은 사랑이 아니라고 한다. 그러니 어느 것이 진짜 사랑인지는-
결국 당신이 어느 쪽을 믿느냐에 달린 것이었다.

/ 당신은 어째서

차라리 손톱이었으면
자라도 잘라내면 그만인데
당신은 어째서
거스러미로 남아
스칠 적마다 오래도록
쓰라립니까

/ 그리고 나는 왜

가운뎃손가락인 줄 믿고 살았는데
당신 없이는 자꾸만 주저앉는
네 번째 손가락일까

/ 그리움마저

여름이 제 아무리 뜨거워봤자 가을바람이 불어오는 것까지 막을 수야 있으랴-
이별은 서둘러 오는 것 같더니만 그리움은 여전히 더디게 걷는다. 사랑하게 되는 데 걸리는 시간은 일 년이 넘었지만, 헤어지는 데는 한나절도 채 걸리지 않았다. 당신은 미움이 짙은 한숨을 내쉬며 이별을 말했다.

사랑이 앞서 가버린 뒤엔 그리움의 그림자가 진다. 그렇게 한참 길어진다. 사랑을 아는 이는 별 뒤의 그림자마저 뜨겁다 한다. 다시 사랑하기에는 낯설고 그렇다고 미워하기엔 익숙한 당신은 여전히 그리운 사람이다.

당신이 지나간 자리는 어째서 이다지도 쓰라릴까.
그리움으로 그득하게 채운 이 밤은 공기마저 쓰다.

/ 파도는 육지와 멀어질 때를 알고

터미널에는 군장을 멘 군인과 보따리를 짊어진 할머니, 어디론가 또 떠나는- 떠나가는 사람들로 가득 차 있었다. 전날 잠을 설친 탓에 눈이라도 붙이려고 커튼을 치려던 찰나, 플랫폼을 사이에 두고서 뜨거운 작별을 나누는 이들이 보였다.

피곤이 몰려와 눈을 감아도 잠이 오지 않았다. 당신이 내게서 멀어지려고 할 때 그 옷깃이라도 잡으려 했던 날을 후회했다. 그대로 뒤돌아 가고나면 다시 볼 수 없을 것 같았다. 파도는 육지와 멀어질 때를 알고 또 이내 다시 가까이오지만- 이미 우리 사이에 쌓인 감정의 앙금은 한참 굳어버린 뒤였으니까. 돌아오겠노라는 그 약속을 믿지 않았다. 버스는 한참을 달려 바다에 도착했다. 제방 한 가운데 서있으니 바람이 얼굴을 때린다. 나는 왜 그렇게 당신에게 내 이름을 쓰고 싶었을까.

/ 누구나 첫사랑을 밑천 삼아 그 다음 사랑을 하고

기억은 의외로 망각의 근원이다. 우리는 마지막 기억처럼 그렇게 뜨거웠던 것은 아닐지도 모른다. 기억은 때로 기억을 망가뜨려놓는다. 단추를 빼놓거나 밑단을 자르거나 맞지 않는 천을 억지로 기워놓는 것처럼- 사실을 엉망으로 만들어놓기도 한다.
특히나 사랑에 관한 기억은 합리적이고 사실적이기 어렵다. 더군다나 첫사랑 필터로 찍힌 그 사람은 빛이 바랠지언정 언제나 특별한 사람으로 오래 남아있는 법이다. 함께 걷던 길, 듣던 노래, 또는 계절까지도. 그러니 처음 사랑을 한다는 건 마음에 첫 고속도로를 개통하는 것과 마찬가지다. 시간이 지난 뒤에 언젠가 다시 달릴 때면, 군데군데 포장이 벗겨지고 오래되었어도 그 풍경만큼은 아름답게 느껴질테다.

이제야,
매듭

당신은 단 한 글자로 나를 설레게 만들 수 있습니다.

- 빵 !

당신은, 그리고 또 단어 하나로도 기운 빠진 나를 일으켜 세울 수 있기도 합니다.

토닥토닥-
어느 때인가 힘든 시절의 내게 가까운 친구가 적어준 편지에 있었던. 힘들어하는 친구의 등을 두드려주는 일은 그리 어렵지 않겠지만 그 마음까지 두드려주는 것은 쉬운 일이 아니니까요. 마음을 토닥여줄 사람이 있다는 건 참으로 큰 행운입니다. 어려운 시절을 함께 보낸 이들과 기꺼이 옆을 내어 준 당신들이 있었기에- 지금의 내가 웃으며 그때를 되돌아볼 수 있는 거고요.

버스를 기다리는 동안, 밥을 먹다가, 잠을 설친 어느 밤이나 또는 술로 지새운 새벽 그 어느 때라도, 당신이 떠오르면 글을 쓰지 않을 수 없었습니다. 당신은 내 삶에 그리 오래 머물지 않았음에도 당신을 진정으로 보내기까지는- 그 곱절의 시간이 필요했습니다. 눈으로 찍어놓은 수많은 사진들과 마음에 새긴 지난 글자들로, 아주 오래도록.

이제야,
사랑했던 당신을 미처 적지 못했던 마음을 모아
기꺼이 보냅니다.
어쩌다 쓸쓸한 바람이 부는 밤엔
그리움이 방문 앞에 찾아와 서성이겠지만-

이 순간이 올 때까지 내가 그토록 기다려왔던 것은 그때 그 시절 우리가 아닌 오롯이 혼자로서의 나 자신인 것입니다.
그러니 당신의 그림자를 배웅하는 대신,
새로운 나를 마중하러 가겠습니다.

그럼,
안녕히-